la cour

Les éditions la courte échelle inc.
Montréal • Toronto • Paris

Bertrand Gauthier

Bertrand Gauthier est le fondateur des éditions la courte échelle. Il a publié plusieurs livres pour les jeunes dont les séries *Zunik, Ani Croche* et *Les jumeaux Bulle*. Il a également publié deux romans dans la collection Roman+. Pour *Je suis Zunik,* Bertrand Gauthier a reçu le prix Alvine-Bélisle qui couronne le meilleur livre jeunesse de l'année et le prix Québec-Wallonie-Bruxelles.

Bertrand Gauthier est un adepte de la bonne forme physique. Selon lui, écrire est épuisant et il faut être en grande forme pour arriver à le faire. Mais avant tout, Bertrand Gauthier est un grand paresseux qui aime flâner. Aussi, il a appris à bien s'organiser. Pour avoir beaucoup... beaucoup de temps pour flâner.

Gérard Frischeteau

Né le 2 septembre 1943, Gérard Frischeteau a illustré plusieurs livres sur les animaux et conçu de nombreuses affiches: prévention du cancer, hébergement olympique, produits laitiers, écologie, etc. Il a aussi réalisé quelques films d'animation (annonces publicitaires pour la télévision et courts métrages à contenu éducatif). Gérard Frischeteau collabore également au magazine *L'actualité.* À la courte échelle, en plus de la série *Ani Croch*e, il illustre les romans de Bertrand Gauthier dans la collection Roman+.

Sinon, il aime les chats... et les promenades en canot, par un beau jour d'été, pour le plaisir de se sentir bien.

Du même auteur, à la courte échelle

Collection albums

Série Zunik:
Je suis Zunik
Le championnat
Le chouchou
La surprise
Le wawazonzon
La pleine lune

Collection Premier Roman

Série les jumeaux Bulle:
Pas fous, les jumeaux!
Le blabla des jumeaux

Collection Roman Jeunesse

Série Ani Croche:
Ani Croche
Le journal intime d'Ani Croche
La revanche d'Ani Croche

Collection Roman+

La course à l'amour
Une chanson pour Gabriella

Les éditions la courte échelle inc.
5243, boul. Saint-Laurent
Montréal (Québec) H2T 1S4

Conception graphique:
Derome design inc.

Révision des textes:
Odette Lord

Dépôt légal, 3e trimestre 1990
Bibliothèque nationale du Québec

Données de catalogage avant publication (Canada)

Gauthier, Bertrand, 1945-

  Pauvre Ani Croche!

  (Roman Jeunesse; 26)
  Pour les jeunes.

  ISBN: 2-89021-133-9

  I. Frischeteau, Gérard, 1943-   . II. Titre.   III. Collection.

PS8563.A97P37 1990   jC843'.54   C90-096059-0
PS9563.A97P37 1990
PZ23.G38Pa 1990

Bertrand Gauthier

PAUVRE ANI CROCHE!

Illustrations
de Gérard Frischeteau

Chapitre I
Les ruines

Devant moi, ma mère est là, souriante et heureuse.

En un mot, épanouie.

Elle vient de m'annoncer, comme si de rien n'était, qu'elle s'envolera bientôt pour l'Europe. Pour la Grèce, plus précisément.

Elle s'en va visiter des monuments très anciens, des débris de colonnes qui arrivent encore bien péniblement à se tenir debout. Je ne vois pas vraiment l'intérêt de m'abandonner pour aller s'exciter devant des vieilles roches.

C'est pourtant ma triste réalité.

Lise, ma mère, préfère des ruines à sa fille. Des vieux cailloux sûrement pleins d'histoire, je veux bien l'admettre. Néanmoins ils sont sans vie.

Elle me quitte pour un mois.

Oui, un long mois.

Mais ce qui m'étonne le plus, là-dedans, c'est que ma mère est convaincue d'avoir totalement raison d'agir ainsi. Elle prétend être dans son droit. J'ai beau lui expliquer, elle ne comprend rien.

— Maman, tu m'avais pourtant promis que tu ne m'abandonnerais jamais. Quand on vient à peine de fêter ses onze ans, on a besoin que sa mère soit là. Tu as dû oublier que j'étais encore trop jeune pour être ainsi abandonnée.

— Voyons, Ani, mais je ne t'abandonne pas, je ne fais que partir en voyage un mois...

Là, je reconnais bien Lise, ma mère.

Elle a toujours été très habile pour se servir des mots à son avantage. À mon avis, abandonner quelqu'un ou partir en voyage sans cette personne, c'est exactement pareil. Mais pas pour ma mère.

Même s'ils me font mal, les propos de Lise sont clairs.

Rapidement, je télégraphie à mon cerveau le message maternel.

À mon enfant,

Mon droit de voyager passe avant le devoir de prendre soin de toi.

Ta mère

J'ai beau me débattre, je ne peux rien y faire. Ma chère mère va bientôt s'envoler vers ses ruines.

— Mon billet est acheté, tout est organisé. Je pars dans quinze jours.

— Tu aurais pu m'en parler avant? Franchement, maman, tu me traites en vrai bébé. Et moi, là-dedans, qu'est-ce que je vais devenir? As-tu au moins pensé à ta fille?

— Tu n'as pas à t'inquiéter, Ani, tout est arrangé. Ton père a d'ailleurs bien hâte de s'occuper de toi pendant un mois complet.

— C'est exactement ce que je pensais, je suis la dernière des dernières de tes préoccupations! Mon père? S'occuper de moi? La belle affaire! Tu sais que je suis le moindre de ses soucis depuis qu'Élisabeth est dans «son» décor. Je t'ai pourtant déjà expliqué tout ça...

— Ani, tu exagères encore...

— Maman, tu veux vraiment me dire que tu me jettes dans les griffes de la despotique Élisabeth Principale pour tout un mois. Et je devrais te sauter au cou, je suppose. Et crier de joie comme si je venais de gagner le gros lot. De nous deux, maman, tu sauras que ce n'est vraiment pas moi qui exagère le plus...

— Assez, Ani, j'en ai assez. Tu vas te calmer et arrêter ton chantage tout de suite.

Avec ma mère, c'est toujours pareil. Quand la vérité la choque, elle m'accuse alors de faire du chantage.

Solution plutôt facile, Lise.

Mais efficace.

— Ça fait onze ans, Ani, que je m'occupe PRINCIPALEMENT de toi du mieux que je peux. Je dis bien PRINCIPALEMENT. Cet été, je m'occupe donc PRINCIPALEMENT de moi et je m'envole pour la Grèce.

Je n'ose croire ce que j'entends.

Néanmoins, ma mère continue de plus belle.

— Je dis bien PRINCIPALEMENT de moi en majuscules. Cette fois, personne ne me coupera les ailes. Et pas plus toi qu'une autre, ma chère Ani. J'ai besoin de ce voyage, je veux le faire et je vais le faire.

Incroyable mais vrai.

Ma pauvre mère qui se prend tout à coup pour un oiseau et elle va s'envoler

pour l'Europe. Drôle d'oiseau migrateur! En plus, elle ose me dire: «Cet été, je m'occupe donc PRINCIPALEMENT de moi.»

Il n'y a vraiment rien à son épreuve.

J'aime mieux me retirer dans ma chambre pour passer ma colère. Quand ma mère ne veut rien comprendre, c'est inutile d'essayer de lui parler.

Toi, ma chère Olivia, ma poupée chérie, ma grande confidente, ma meilleure amie, ma toujours fidèle, écoute-moi.

Ma mère déforme tout, elle ne voit plus les choses comme elles sont. Elle passe son temps à s'occuper PRINCIPALEMENT et surtout d'elle. Et avec toutes les majuscules du monde.

Moi, je passe toujours PRINCIPALEMENT en deuxième. Et souvent même PRINCIPALEMENT en troisième. Bien après la sangsue de François Ladiète, le roi des collants.

Ma triste réalité, Olivia, c'est que dans le coeur de ma mère, je suis moins importante que toutes les vieilles pierres de la terre.

Ma mère a-t-elle un coeur de mère ou un coeur de pierre?

Je n'oserais pas répondre à cette question.

Ça me ferait trop mal.

Chapitre II
Un dernier espoir

Il me reste un espoir.

Un mince espoir.

Mais tout de même, un espoir.

Demain, au début de la soirée, ma mère doit s'envoler pour la Grèce. À l'heure où la circulation automobile est normalement à son comble. Elle pourrait toujours rater son avion. Honnêtement, c'est ce que je souhaite.

Je l'imagine emprisonnée dans un embouteillage monstre causé par des travaux ou par des voitures en panne. Durant de longues heures.

Ainsi, finie la Grèce!

Ce serait bien fait pour elle.

Un avion raté, ça la ferait peut-être réfléchir aux conséquences de ses gestes.

Les responsabilités d'une mère, ça existe, n'en déplaise à la mienne. Le dictionnaire est clair là-dessus. Le mot responsabilité signifie l'obligation de remplir

une charge, un engagement. Plus précisément, l'obligation de s'occuper de sa fille.

Quand les parents négligent de prendre leurs responsabilités, de faire leurs devoirs, les enfants devraient pouvoir les garder en retenue. Pour que justice soit rendue. Moi, à Lise, je lui ferais copier cent fois le seul grand devoir d'une vraie mère. Et ainsi, elle finirait peut-être par le graver une fois pour toutes dans sa mémoire.

Ta fille tu aimeras
par-dessus tout évidemment
et tous tes voyages tu feras
avec ta fille t'accompagnant.

Oui, oui, je souhaite que ma mère rate son avion.

Et puis, si elle finit par décoller, j'ai peur que son avion tombe. Elle n'a pas pensé à ça, ma mère, en s'occupant PRINCIPALEMENT d'elle. Si son avion s'écrase, je deviendrai orpheline.

Tout juste onze ans et déjà orpheline.

Pire, son avion pourrait être détourné comme il y en a tant maintenant. Ma mère au Liban aux mains des terroristes. Ce n'est pas tellement loin du Liban, la Grèce. Un petit détour forcé et Lise se retrouve au pays des femmes au visage voilé.

Si, au moins, je l'accompagnais.

J'aimerais mieux être avec elle le jour où elle deviendra prisonnière des terroristes. Je serais plus utile là-bas, à ses côtés, qu'ici à me morfondre pour elle. Tu n'as sûrement pas pensé à ça non plus, ma chère maman. Ton épanouissement avant toute chose.

Malheureusement pour moi et heureusement pour ma mère, il n'y a pas eu d'embouteillage monstre sur le chemin de l'aéroport. À peine une circulation un peu plus lente. Après tout, c'était l'heure de pointe, au moment où il y a toujours plus d'automobiles qu'en temps normal. Mais rien de catastrophique comme je l'aurais souhaité.

Trois heures avant le départ, on faisait déjà la queue aux guichets de la compagnie d'aviation. Là, on pouvait parler d'un véritable embouteillage. Je n'arrive pas à comprendre comment les gens font pour transporter autant de bagages au cours de leurs voyages.

Lise était tellement énervée qu'elle en devenait énervante. Ses bagages, son billet d'avion, son passeport, son argent, sa réservation d'hôtel, son appareil photo, son walkman, tout y passait. Même qu'elle a répété trois fois de ne pas oublier de nourrir le chat.

Mais rien pour moi.

Pas un mot.

Pas un geste.

Pas le moindre soupçon de souffrance ou de peine.

Ma mère pourrait au moins faire semblant d'avoir du remords d'abandonner
sa fille. Elle pourrait montrer son inquié-
tude, son regret de partir, son attachement.

Non, rien.

Moi, j'ai la gorge serrée, le coeur à
l'envers, les larmes aux yeux.

Moi, au moins, je suis émue.

Il faut dire qu'il y a beaucoup de gens
à l'aéroport qui sont venus saluer Lise

avant son départ. Beaucoup trop de personnes sont là et distraient ma mère de l'essentiel.

François Ladiète, entre autres.

Il me semble qu'il aurait pu se contenter de lui faire ses adieux la veille du départ. Ses derniers mamours, il aurait dû les faire en privé au lieu de nous les infliger.

Mais non!

La sangsue devait être présente à l'aéroport. S'il avait pu se cacher dans les bagages de ma mère, je suis sûre qu'il l'aurait fait et qu'il serait parti avec elle. Nous devons donc tous subir ses adieux touchants et qui n'en finissent plus à sa très chère Lise, ma mère.

Franchement, Lise, tu mérites mieux que ça, il me semble. J'espère qu'en Grèce, tu réfléchiras bien et que ton amour pour la sangsue de François Ladiète va tomber en ruine.

C'est à souhaiter.

Je le jure, ma mère n'a presque pas pleuré. À peine quelques larmes de crocodile. Et elle les a versées devant François Ladiète. Pas devant moi.

Elle m'a embrassée, bien sûr. Elle m'a

aussi serrée dans ses bras. Mais pas assez longtemps. Et pas assez fort. Et sûrement pas comme si j'étais sa fille.

Dans les bras de ma mère, je me sentais comme n'importe qui. Quand une mère quitte son enfant, elle devrait au moins l'abandonner avec délicatesse et sensibilité.

La vérité c'est qu'elle a passé moins de temps à me serrer dans ses bras qu'à se faire caresser dans les bras de François Ladiète. Au moins dix fois moins de temps. L'affreuse sangsue était en pleine forme.

Juste avant de nous quitter pour de bon et de traverser les portes qui la menaient vers son avion, elle aurait pu se retourner vers moi... Elle aurait pu au moins verser quelques larmes à mon intention... J'aurais alors compris que j'étais toujours sa fille chérie.

Mais non!

Rien.

Au contraire, d'un pas déterminé, je l'ai vue foncer vers son avion. Sans se retourner, elle a franchi l'ultime barrière. Il était maintenant trop tard. Elle était bel et bien partie. Elle m'avait abandonnée,

c'était fait.

Pour elle, le couloir de la liberté.

Pour moi, le tunnel de la peine.

MOI, je pleurais.

MOI, je suis normale.

MOI, je suis sensible.

MOI, j'aime ma mère.

MOI, je ne suis pas de celles qui ne pensent qu'à elles PRINCIPALEMENT.

Depuis quelques instants déjà, je sentais que François Ladiète cherchait mon regard complice. De mon côté, je faisais semblant que je ne le voyais pas, je faisais tout pour fuir son regard, je tentais de l'ignorer. Lui aussi avait de la peine, ça paraissait. Mais pas autant que moi. Et puis, il n'était pas question que je m'occupe de lui.

Quand il vient à la maison, François ne s'intéresse jamais à moi. Si je n'avais pas déjà existé, il n'aurait sûrement pas cherché à m'inventer. Lui, c'est sa Lise d'amour qui le passionne. Sa seule et unique Lise. Alors, je ne vois pas pourquoi je partagerais quoi que ce soit avec lui. Et surtout pas ma peine.

Il s'est approché de moi, a posé sa main sur mon épaule et m'a soufflé à l'oreille: «Toute une femme que tu as là comme mère!»

Comme si je ne le savais pas, pauvre sangsue de François Ladiète!

Mais moi, vois-tu, ce n'est pas une femme que je veux comme mère, c'est une mère que je veux comme mère. Et n'oublie jamais, François Ladiète, que ta Lise d'amour, c'est avant tout ma mère chérie.

Maman, pourquoi m'abandonnes-tu ainsi?

Dis-moi pourquoi, car je ne comprends pas.

D'ailleurs, avant d'accorder un passeport à une mère, on devrait consulter obligatoirement ses enfants. Ce sont eux qui seraient chargés d'autoriser ou non les déplacements. En consultation avec la mère, bien sûr.

Ce serait plus juste ainsi.

Et moins douloureux pour les pauvres enfants tristes d'avoir été abandonnés.

Chapitre III
Un malheur
ne vient jamais seul

Il y a maintenant quatre jours que ma mère s'est bel et bien envolée pour la Grèce. Quatre longs jours. Le lendemain de son départ, elle nous a téléphoné. Pour nous, c'était le matin, pour elle, le milieu de l'après-midi. Le décalage horaire. Six heures de différence, je crois. Depuis, plus rien, nous n'existons plus.

Envolé, le bel oiseau.

Sûrement qu'elle se fait dorer au soleil, entre deux visites de ruines.

La chanceuse!

Pour le soleil, pas pour les ruines.

Depuis son départ, tel qu'entendu, j'habite avec mon père. Façon de parler. Oui, physiquement, je mange et je couche à l'appartement de René. Mais lui et moi avons constamment une colocataire.

Dès la première heure de mon arrivée, Élisabeth Principale était déjà dans les parages. Elle ne cohabite pas avec mon père, elle tient à s'en vanter. Mais je ne vois pas très bien la différence. Qu'est-ce que ça donne d'avoir son propre appartement si l'on n'y va jamais?

Non, j'exagère.

À peine.

Elle se rend tout de même quelquefois à son appartement, le temps d'aller changer de vêtements. Nécessité et odeurs obligent.

Mais pour dormir, elle dit préférer le lit douillet de mon père au sien. À la voir agir, ce n'est pas seulement le lit douillet qu'elle préfère, c'est tout l'appartement.

Après-demain, on doit partir à la mer. Deux semaines sur les belles plages du Nord-Est des États-Unis. Mon père, Élisabeth et moi. J'ai invité mon amie Myriam à nous accompagner. Malheureusement, elle ne pouvait pas.

Élisabeth a bien cherché à me consoler.

— J'ai hâte, Ani, de passer deux belles semaines avec toi au bord de la mer. Pour nous deux, ce sera l'occasion rêvée de se parler un peu plus. On ne se voit pas beaucoup au cours de l'année. Alors, on va profiter au moins des vacances pour mieux se connaître.

Sacrée Élisabeth!

Elle ne me demande pas si ça m'intéresse de parler un peu plus. Au contraire, elle suppose sûrement que ça va me passionner. Moi, ce que je pense et ce que j'ai le goût de faire, c'est sans importance.

Manie très répandue chez les adultes: ils organisent tout, et nous suivons sans dire un mot. Après tout, il faut admettre que les adultes savent toujours ce qui est bon pour nous, les jeunes. La belle et grande illusion!

De toute façon, je considère que je vois bien assez souvent Élisabeth Principale. Et que je la connais suffisamment. Une fin de semaine sur deux, c'est largement suffisant. Surtout que durant ces deux jours-là, je dois aussi trouver le moyen de me rapprocher de mon père.

— Et puis, ne t'inquiète pas, Ani, ce n'est pas grave que Myriam ne puisse pas nous accompagner. Sur la plage, tu verras, tu vas te faire sûrement des tas d'ani... ah! ah!... des tas d'amies.

Le grain de sel d'Élisabeth.

Sa minute humoristique.

En tant que professeure de langues, elle se doit de démontrer de temps en temps

qu'elle sait jouer avec les mots. Comme d'habitude, René l'a trouvée drôle.

Je voudrais bien la voir, la grande humoriste, sur la plage à se chercher des tas d'amis. Elle peut se considérer chanceuse, Élisabeth, d'avoir mis la griffe sur mon père. Avec son mauvais caractère, elle aurait à longer la plage très souvent et fort longtemps avant de dénicher un autre ami de la trempe de René.

La plage!

Je pensais déjà à la mer. À la mer salée et froide, au soleil, au sable chaud, aux cerfs-volants. Le beau grand terrain de jeux près de l'immensité salée.

Mon père me ramène à la réalité. Notre inséparable trio n'est pas encore vraiment au bord de la mer. Tous les trois, on regarde la télé.

— De toute façon, Ani, l'an prochain, nous serons sûrement quatre au bord de la mer, dit alors mon père que j'écoute distraitement.

— On pourrait se faire accompagner de Nadine, continue Élisabeth.

— Ou d'Alexandre, ajoute mon père.

— Ou des deux à la fois, on ne sait jamais, complète Élisabeth en souriant.

Je ne comprends pas très bien ce qui leur arrive. Je ne connais ni Alexandre, ni Nadine. Ils ont pourtant réussi à piquer ma curiosité.

— Qu'est-ce que tu dirais, ma belle Ani, d'avoir un petit frère? lance alors mon père.

Sur le coup, je ne comprends pas du tout où il veut en venir.

— Un quoi?

— Oui, un charmant petit frère ou une charmante petite soeur. Ou les deux en même temps. Ce n'est pas nous qui décidons.

Je crois que je commence à comprendre en voyant l'air épanoui de mon père et de son Élisabeth. Elle le prend alors par le cou. Tous les deux me sourient. Un vrai beau couple qui va fonder une belle petite famille.

Sans moi.

— Oui, depuis quelque temps, Élisabeth et moi, on essaie de faire un enfant. Souhaite-nous bonne chance, Ani. Bientôt peut-être, nous aurons de la compagnie. Et toi aussi.

Le coup de massue.

La douche froide et beaucoup plus froide que toutes les eaux salées de toutes les mers froides du monde.

L'immense coup de massue.

— Tu n'as pas l'air contente, Ani? continue mon père. C'est sûrement la surprise qui te fait réagir ainsi.

L'air contente? La surprise? Pauvre papa, tu ne comprendras jamais rien!

J'aime mieux me retirer dans ma chambre.

Olivia, tu aurais dû entendre ça. Je m'en souviendrai longtemps du mois de juillet de mes onze ans.

Imagine-toi donc que mon père, qui

est incapable de s'occuper de moi, va faire un autre enfant. À peine onze ans et j'aurai déjà tout vu.

Sans prévenir personne, ni sa fille, il va aller s'amouracher d'un autre enfant. Avant d'avoir vraiment essayé de me comprendre.

C'est injuste.

Et je devrais me réjouir et applaudir à tout rompre. Un exploit incroyable qu'il va réaliser là, mon cher papa!

Tu sais, Olivia, je crois qu'il y a de l'Élisabeth Principale là-dessous. Ce n'est sûrement pas mon père qui a décidé de faire un autre enfant. Non, ce ne peut pas être lui. René n'aurait jamais eu une idée aussi folle.

Avant qu'elle ne vienne s'imposer, celle-là, on se parlait, mon père et moi. À sa manière, René s'occupait de moi, il s'intéressait à moi. Devant moi, une fois, il a même pleuré. Tu te rappelles, Olivia, je te l'avais raconté. C'était émouvant.

Malheureusement, les temps ont bien changé.

Depuis presque un an, mon père ne prend plus jamais le temps de me parler. René est toujours occupé à faire

quelque chose. Et depuis un an exactement, comme par hasard, Élisabeth est
entrée dans sa vie.

Drôle de coïncidence!

Quand il est libre, en de très rares oc-
casions, c'est alors Élisabeth qui l'acca-
pare. Elle envahit tout l'espace disponible.
Je le comprends, mon père: ça prend
du temps et de l'énergie pour s'occuper
d'Élisabeth.

Un enfant, c'est le moyen le plus efficace qu'elle a trouvé pour m'éliminer à
jamais. Et pour enchaîner mon père à
elle pour la vie. Mais méfie-toi, Élisabeth
Principale, ce n'est pas toujours aussi
simple qu'on le croit.

Un petit enfant avec son René chéri,
comme c'est charmant! Un petit enfant
de mon papa chéri, comme c'est désolant!

Papa, tu en as une petite enfant chérie.
Je suis ta fille. Qu'est-ce que je dois faire
pour que tu le réalises? Et pour que tu
agisses en conséquence?

Papa, je suis vivante, moi, je suis en
chair et en os! Je ne suis pas un projet,
moi, je suis là. Eh bien! occupe-toi de moi
au lieu de rêver que tu vas faire mieux
avec Élisabeth!

Papa, quand tu m'auras parlé, écoutée, comprise et aimée, tu pourras alors faire un autre enfant.

Pas avant.

S'il te plaît.

Un autre enfant
papa papa
juste au moment
papa papa
où j'ai besoin
papa papa
que tu prennes soin
papa papa
de moi de moi
papa papa.

Chapitre IV
Légitime défense

La plage, rien de plus beau!

Quand il fait beau, bien sûr.

Depuis quatre jours, il pleut. Nous sommes tous les trois prisonniers à l'intérieur de la maison. On fait des casse-tête, on joue aux cartes, on se raconte des histoires, on mange des sandwiches.

On niaise.

— Si on allait au zoo? a proposé Élisabeth le deuxième jour de mauvais temps.

Je n'aime pas les zoos.

C'est pourquoi j'ai refusé.

Voir de pauvres animaux emprisonnés pour le plaisir des humains, très peu pour moi.

Non merci.

Si je m'écoutais, je libérerais tous les animaux. Je mettrais ensuite des humains dans leurs cages.

Élisabeth dans la cage des lions. Mon père avec les perroquets. François Ladiète avec les singes et ma mère dans la cage des oiseaux migrateurs. Et moi, la grande patronne du zoo, la panthère des panthères, je deviendrais la meilleure dompteuse d'humains.

Entrée gratuite à tous les animaux qui viendraient nourrir les humains en leur lançant des arachides. Et qui s'amuseraient à inventer les pires grimaces pour les effrayer. Et il y aurait le grand prix de la meilleure grimace.

Le beau spectacle!

Je pense qu'Élisabeth trouve le temps long. Elle doit commencer à regretter que Myriam n'ait pas pu nous accompagner. Elle qui voulait tant profiter de l'occasion pour parler plus avec moi, je la sens bien nerveuse.

— Bon, le zoo, ça ne va pas. Mais Ani, franchement, tu pourrais te forcer les méninges pour trouver une activité intéressante.

— C'est vrai ça, ajoute René, mon perroquet de père.

Il prend toujours la défense d'Élisabeth. Comme si elle avait besoin de ça. C'est plutôt moi que mon père devrait protéger. Mais ce n'est pas ainsi que ça

se passe.

Au fond, je sais bien ce qui les dérange. Ils n'ont pas besoin de me faire un dessin.

Mon père et la future mère de son deuxième enfant n'ont pas beaucoup d'intimité pour se faire leurs mamours. Et sans mamours, pas de bébé possible. C'est ainsi: il ne suffit pas de le vouloir, il faut le faire.

Mais qu'ils ne comptent pas sur moi pour m'effacer!

De toute façon, je ne peux quand même pas passer l'après-midi sous la pluie afin de leur laisser le champ libre. Et puis, s'ils tiennent vraiment à leur intimité, ils n'ont qu'à se retirer dans leur chambre. Ils ne devraient pas se gêner pour moi. Après tout, j'en ai déjà entendu d'autres.

Je veux profiter des derniers mois qui me restent à vivre avec eux, sans demi-frère ni demi-soeur. Une nouvelle idole naîtra bientôt. Le roi ou la reine du Gnan-gnan, avec son pipi et son caca, va me remplacer dans le coeur de mon père.

Là, je rêve. Un bien beau rêve, d'ailleurs.

Je parle comme si j'avais déjà eu une place dans le coeur de mon père.

Pauvre Ani, qu'allais-tu t'imaginer là?

En tout cas, je n'ai pas l'intention de leur faciliter la tâche. Faire un enfant, c'est leur choix, pas le mien. Et je leur souhaite que ça ne marche jamais. Élisabeth serait une mère trop affreuse. C'est justement parce que j'aime les enfants que je m'inquiète autant.

Pauvre petit Alexandre ou pauvre petite Nadine dans les griffes d'Élisabeth!

Bon, ce n'est pas encore fait. Qui vivra, verra. Et rira bien qui rira la dernière.

Maintenant, dans la maison, tout est calme.

Le calme d'une fin de journée pluvieuse.

Moi, je fabrique des colliers à l'aide de petites pierres multicolores. C'est un travail minutieux qui donne de magnifiques résultats. Présentement, je suis en train d'en faire un pour ma mère.

Mon père, lui, est dans sa chambre. Il doit faire sa sieste habituelle de fin d'après-midi. Étendue sur un divan, Élisabeth lit un roman. Pas de bruit, sauf les quelques petits ronflements de mon père.

Tout à coup, Élisabeth se lève et croit avoir une de ces idées de génie.

— Bon, si on faisait un peu de ménage. Je suis incapable de continuer à vivre dans un tel désordre. Toi, Ani, commence par ramasser tes affaires qui traînent un peu partout.

Je ne réponds pas et je continue à enfiler mes petites pierres précieuses. C'est un travail minutieux et ça demande beaucoup de concentration.

— Il me semble que je te l'avais déjà dit, Ani. La maison est petite et on ne peut pas se permettre de ne pas avoir d'ordre. Dans la pièce commune, pas de laisser-aller. C'était l'entente.

Je murmure, nonchalamment:

— Oui, oui, tout à l'heure. Je vais d'abord finir mon collier, je l'achève.

— Ce n'est pas tout à l'heure, c'est tout de suite. C'est aujourd'hui et maintenant que l'on vit dans le désordre. Je suis fatiguée de trébucher sur tes jouets et de m'asseoir sur ton linge sale. Ani, je suis fatiguée que ça traîne partout!

— J'ai dit que je finirais mon collier avant...

— Tout de suite, Ani...

— Tu n'es pas ma mère pour me donner des ordres.

Touchée.

Quand on se défend, tout est permis, tous les arguments sont bons. Si je veux qu'elle me fiche la paix, je dois utiliser des arguments massue. Celui-là a déjà fait ses preuves, il ne rate jamais.

Tout au long de la conversation, le ton d'Élisabeth a dû monter. Du moins, assez pour réveiller René. On ne l'entend plus ronfler.

En furie, Élisabeth se dirige alors vers sa chambre, leur chambre commune. Dans mon oreille, sa colère remplace les ronflements de mon père. C'est encore

plus passionnant à écouter que mon walkman. Du moins, pour l'instant.

— René, fais quelque chose, a-t-elle commencé de sa voix très peu discrète. Elle ne veut jamais m'obéir sous prétexte que je ne suis pas sa mère. Je ne peux alors rien lui dire, et c'est invivable. Je suis piégée. Et j'en ai par-dessus la tête de l'entendre me servir toujours cet argument-là.

Je la sens au bord des larmes.

Quelle comédienne, quand même!

— Têtue comme elle est, ta fille se prépare à vivre des années difficiles. Ce n'est d'ailleurs pas un service à lui rendre de la laisser faire tout ce qu'elle veut. C'est un vrai tyran, cette enfant-là. Je ne lui permettrai pas de nous mener par le bout du nez.

Devant de tels propos, il y a de quoi être indignée. Et je le suis. Vite, papa, vite, à mon secours.

Papa, s'il te plaît, *please* si tu comprends mieux l'anglais, réponds-lui quelque chose, défends-moi. Ne la laisse pas dire toutes ces méchancetés sur le compte de ta fille. Réponds-lui que le vrai tyran, ce n'est pas moi, mais bien elle. Pour une fois, ouvre-toi les yeux.

Après tout, je suis ton enfant, je ne peux pas être si terriblement différente de toi. Je ne suis pas le monstre qu'elle vient de te décrire. Si tu ne me défends pas, si tu ne dis pas un mot, je vais le faire moi-même.

Un cas flagrant de légitime défense.

Comprends-tu que ton silence est une prise de position en faveur d'Élisabeth? «Qui ne dit mot consent», selon les pages roses du dictionnaire *Larousse* qu'on a souvent feuilleté ensemble pour apprendre des proverbes. Et ne me sors pas «La parole est d'argent, mais le silence est d'or», ce n'est pas le moment.

Devant le silence de mon père, je comprends ce qu'il me reste à faire. Je n'hésite plus, je fonce vers leur chambre. Il est temps de stopper la despotique Principale.

Je ne prends même pas la peine de frapper. J'enfreins ainsi une autre règle sacrée: frappez avant d'entrer. J'ai plutôt l'intention de frapper après être entrée et sans demander la moindre autorisation.

— Sois patiente, Élisabeth...

— Ani, sors tout de suite d'ici, tente

alors de couper Élisabeth. Je parle avec René dans notre chambre, et tu n'as rien à faire ici.

C'est moi qui décide, Élisabeth. Pas toi.

J'ai déjà gagné le concours d'art oratoire de ma classe, l'année dernière. Et j'ai des choses urgentes à dire. Pas question de me taire.

Je continue de plus belle.

— J'ai cru comprendre que tu auras bientôt un enfant. Eh bien, tu en profiteras pour lui donner des ordres, à celui-là! Tu vas voir comme c'est facile de dire à un bébé de faire pipi au bon moment et caca au bon endroit! Mais je suis sûre que tu réussiras très bien, tu as tellement la bonne façon de parler aux enfants...

— Ani, arrête ça tout de suite. Et va immédiatement dans ta chambre réfléchir un peu.

Tiens, mon père qui se fâche.

Je commence donc à viser juste.

Avant de quitter les lieux, je tiens cependant à compléter ma pensée.

— Bonne chance, Élisabeth et bon courage à ton futur enfant. Il en aura bien besoin. La vie est tellement injuste pour

certains. Malheureusement, on ne peut pas tous naître sous une bonne étoile.

Et vlan!

À mon tour de me diriger vers ma chambre.

Et de les abandonner à leur chère intimité.

Pour te prendre dans mes bras, ma belle et douce Olivia.

Au moins, avec toi, je peux.

Olivia, je m'ennuie de maman.

Si elle était là aussi, elle saurait me consoler. Au lieu de ça, elle se promène au milieu des ruines et risque, à chaque instant, de se blesser et même de mourir. En effet, on ne sait jamais quand toutes ces vieilles pierres vont s'écrouler sur la tête de ma mère. Orpheline à cause d'une ruine grecque, ce serait inacceptable.

Maman, pourquoi m'as-tu abandonnée? Pourquoi aller risquer ta vie aussi loin?

Si tu pouvais t'imaginer jusqu'à quel point je m'ennuie de toi, tu ne me quitterais plus jamais. Je ne peux pas croire que tu sois aussi méchante que ça. Non, tu es partie parce que tu ignores jusqu'à quel point je t'aime. Nous deux, on est comme des siamoises.

Dans nos coeurs.

Inséparables et à jamais.

Tu sais, Olivia, quel est le plus grave problème de la despotique Principale? C'est ça, tu as bien deviné: elle ne cesse de se prendre pour ma mère. Même si elle n'a jamais eu d'enfant, elle se croit une meilleure mère que Lise. C'est là qu'elle se trompe.

Ma mère est loin d'être parfaite, je suis bien placée pour le savoir. Mais elle sait au moins prendre soin d'un enfant. Elle a changé mes couches, m'a donné le biberon et m'a aussi fait gnangnan. C'est déjà beaucoup.

En plus, elle a écouté patiemment la symphonie de mes dents qui poussaient. La nuit, quand j'avais peur, ma douce maman me berçait. Grâce à tout cela, ma mère a acquis une grande compréhension des enfants.

Maman, reviens vite.

Je m'ennuie tellement de toi.

Viens me protéger des griffes de la Principale. Et viens m'aider à remplir les silences de papa.

Comment le dire?
Vais-je l'écrire?
Ou peut-être le chanter?
Ou même le danser?

Mon cher petit papa
je te demande pourquoi
tu ne me défends pas
quand je suis dans mon droit.

Suis-je simplement ta fille
anonyme dans la ville
ou suis-je ta fille chérie
qui embellit toute ta vie?

Si tu le désires
tu peux me l'écrire
ou encore me le dire
mais surtout ne pas en rire.

Chapitre V
Ma chambre

Cinquième journée de suite sans soleil.

Remarque, Olivia, ce matin, ça ressemble plutôt à du brouillard qu'à des nuages. C'est souvent ainsi au bord de la mer. Le matin, de la brume. L'après-midi, un beau soleil éclatant. Au moins, ce matin, il ne pleut pas.

Soleil, s'il te plaît, arrête de nous bouder.

Que tu sois avare de tes rayons en novembre, ça, je peux toujours le comprendre. Mais pas en juillet! Pas en plein milieu de mes vacances! Soleil, sois donc à la hauteur de ta réputation et cesse d'être maussade. Reviens vite nous réchauffer le coeur et la peau.

Toujours aussi curieuse, Olivia!

Je suis à peine éveillée et tu veux déjà tout savoir.

Comment s'est finalement terminée la

dispute d'hier? C'est ça qui t'intrigue, n'est-ce pas? Avoue que mes démêlés avec Élisabeth et mon père te passionnent.

Aussi bien te raconter ça en détail.

Après avoir terminé mon collier, j'ai donc fait le ménage de la pièce commune. Il n'y avait pas tant de désordre que ça, mais je ne voulais pas aggraver les choses en m'entêtant. Comme tu le vois, Olivia, je fais des compromis même si mon père ne le réalise jamais.

En deux temps, trois mouvements, c'était fini. Je transportais mon tas de linge dans ma chambre. C'est là qu'Élisabeth a remis son grain de sel.

— Tu pourrais en profiter, Ani, pour mettre un peu d'ordre dans ta chambre.

J'ai refusé net.

— Ma chambre, c'est ma chambre, et ça ne dérange personne qu'elle soit en désordre. Et puis, pour moi, elle est en ordre, je m'y retrouve très bien.

Et, pour une fois, Olivia, mon père m'a approuvée.

Pour une fois, il a vu juste.

Mais là, tu peux t'imaginer comment la despotique Principale a réagi. Des charbons ardents à la place des yeux. Les dents serrées, les poings crispés, elle a foudroyé mon père du regard. René était dans l'eau bouillante.

Élisabeth l'a alors invité à l'accompagner dans leur chambre. Au ton de sa voix, j'ai tout de suite compris que mon père n'avait pas tellement le choix. Il devait la suivre. Et tout de suite.

Je peux t'assurer, ma chère Olivia, que ce n'était pas pour lui faire des mamours qu'elle l'invitait ainsi. D'ailleurs, tu as dû les entendre comme moi.

Une belle engueulade de première classe.

Je vais te faire une confidence, Olivia.

Si une de leurs disputes pouvait enfin se transformer en une rupture finale et définitive, je serais comblée. Oui, je pourrais enfin être seule avec mon père.

Pour quelques jours, au moins.

Moi, Olivia, je n'ai pas de conseil à leur donner. Mais ce n'est sûrement pas de cette manière-là qu'ils vont réussir à me faire un petit frère ou une petite soeur. Un enfant, il me semble que ça doit se concevoir dans l'harmonie, dans le plaisir. Pas dans la dispute.

Je me demande si ça ressemblait à ça quand mon père se disputait avec ma mère. S'ils se sont quittés, c'est sûrement parce qu'ils se disputaient souvent. Du moins, trop souvent, selon eux.

Papa, où est l'amélioration depuis que tu es avec Élisabeth? Je n'ose penser que c'était pire avec maman.

Est-ce que j'ai été conçue dans l'harmonie ou dans la dispute? Malchanceuse comme je le suis, Olivia, j'ai sûrement été conçue dans la dispute.

Entre mon père et sa charmante Élisabeth, la discussion s'envenimait. À un moment donné, Élisabeth a presque crié:

— René, j'en ai assez, ça ne peut plus

continuer comme ça.

Elle avait bien raison, Élisabeth, d'en avoir assez. En effet, ça ne pouvait plus continuer comme ça. Ni pour elle, ni pour moi. Mais il y avait une solution.

Simple, efficace et expéditive.

Des autobus partaient tous les jours et ramenaient les gens excédés comme Élisabeth Principale à leur point de départ. Je serais même prête à rembourser une partie du prix de son billet de retour vers Montréal.

Olivia, Élisabeth ne comprend rien et ne comprendra jamais rien. Combien de fois devrai-je lui répéter avant qu'elle comprenne enfin qu'elle n'est pas ma mère?

Que l'enfant, c'est moi, et que l'adulte, c'est elle.

Et pas l'inverse.

Ma mère, c'est sûr, je l'aime, parce que c'est ma mère. Et en plus, parce qu'elle est gentille avec moi. Pour que j'aime Élisabeth, il faudrait qu'elle soit encore plus fine que Lise. Et elle l'est moins.

Il faudrait aussi qu'elle apprenne à se mêler de ses affaires, pas des miennes, ni

de celles de René. Elle devrait s'exercer à rester calme. La relaxation, ça existe pour tout le monde, et c'est fait pour ça.

La despotique Principale arrêterait alors de s'énerver à la moindre occasion. Au lieu de paniquer, elle chercherait peut-être à me comprendre. Là, je rêve, je sais que c'est trop lui demander.

Finalement, ce fut le silence dans leur chambre. Plutôt, des murmures. Pas des murmures de mamours, mais tout de même des murmures. Probablement, la réconciliation. Au lieu d'entendre ça, j'ai préféré m'évader dans la musique de mon walkman.

Tu sais, Olivia, combien je hais les roucoulements d'amoureux. Surtout ceux de mes parents. Vraiment, comme amoureux, Lise et René sont profondément ridicules. Si je pouvais donc leur faire comprendre ça.

J'imaginais mon père en train de consoler Élisabeth.

Mais la consoler de quoi au juste? De ne pas être la seule au monde?

Et moi là-dedans, est-ce que j'avais le droit d'exister?

C'est sur ces réflexions, Olivia, que je

me suis endormie. Bercée par la musique de mon walkman.

Et ce matin, tu en sais maintenant autant que moi.

Chapitre VI
Sur une île déserte

— Ani, est-ce que je peux entrer?

C'est René.

Si tôt, ce matin, que peut me vouloir mon père?

— Mais oui, papa, permission accordée.

René entre et s'approche de moi. Il semble nerveux et hésitant. Je me doute bien que ça ne tourne pas rond avec Élisabeth. Un espoir me traverse l'esprit. Je me dis que mon père s'est peut-être enfin décidé à quitter la despotique Principale.

— Ani, il va falloir se parler de la situation.

— De quelle situation?

— De la situation entre toi, moi et Élisabeth.

— Je t'ai déjà dit que cette situation-là ne m'intéresse pas, papa. Je voudrais plutôt parler de la situation entre toi et moi.

— Présentement, Ani, le problème est entre nous trois, pas entre nous deux. Ce matin, je t'invite au restaurant. Toi et moi seulement, mais pour parler de nous trois. Il faut régler ça une fois pour toutes. Dans quinze minutes, ça te va?

— Oui, oui, je serai prête. À tout à l'heure, papa.

Imagine, Olivia, je m'en vais au restaurant avec mon père.

Non, Olivia, je te l'ai déjà dit. Je te l'ai même déjà très bien expliqué. Nous avons un pacte, et tu dois le respecter. Il n'est pas question que tu viennes avec moi.

Tu ne peux jamais m'accompagner dans mes sorties, car j'aurais trop l'air d'être un bébélala qui traîne encore sa poupée. Tu es ma meilleure amie, ma grande confidente, mais tu es condamnée à vivre isolée, dans ma chambre.

J'ai toujours été franche et honnête avec toi.

Si tu es trop malheureuse ainsi, je peux t'offrir à une fille plus jeune que moi, sur la plage. Elle, tu pourrais la suivre. Partout, toujours.

Non, tu ne veux pas.

Ouf! tu m'as fait peur, Olivia.

Moi non plus, tu sais, je ne voudrais pas me séparer de toi.

Et puis, Olivia, tu n'as pas à t'inquiéter. Je vais tout te raconter.

Dans les moindres détails, comme d'habitude.

En m'habillant, je pense à ma conversation avec mon père. Il faut que je prépare mes arguments avec soin. Pour une fois, je pourrai tout lui expliquer. Je ne dois pas rater mon coup.

Une fois pour toutes, mon père n'a jamais aussi bien dit. Je ne demande pas mieux que de régler une fois pour toutes le compte de cette pénible Élisabeth Principale.

C'est elle ou moi.

Les deux, mon petit papa, oublie ça, c'est impossible.

Il ne faudrait pas te faire d'illusions là-dessus. On peut toujours en parler, mais mon idée est faite. Je ne vois pas ce qui me ferait changer d'avis.

Il y a plein de femmes intéressantes sur la terre, et il fallait que tu choisisses Élisabeth Principale. Parmi des millions, elle a été l'heureuse élue. «Le bonheur des uns fait le malheur des autres.»

Choisir, je n'en suis pas sûre. J'ai des doutes, papa. Il me semble que tu n'aurais pas fait un tel choix. Tu es plus intelligent que ça.

Non, tu ne l'as pas choisie, tu ne peux pas l'avoir choisie. C'est elle qui t'a mis le grappin dessus. Et tu ne sais trop comment t'en débarrasser.

Au fond, tu es comme moi, papa.

Que je te comprends!

Toi aussi, tu es une innocente victime des griffes de la despotique Principale. Nous sommes deux petits insectes sans défense emprisonnés dans la toile de la vorace araignée. Un vrai cauchemar. Mais je vais te défendre.

Je suis maintenant ton alliée, papa.

Me voici, je vole à ton secours. Justice et liberté te seront rendues.

Que je suis bête de ne pas avoir compris ça plus tôt!

Maintenant, tu peux compter sur moi, papa.

À jamais.

Au restaurant, je suis maintenant assise avec mon père. Devant du bon pain doré. Aux États-Unis, j'en profite toujours pour

manger ma ration annuelle de délicieux pain doré. Même s'il manque le sirop d'érable, c'est tout un festin!

Papa, maintenant que c'est servi, il faudrait peut-être passer aux choses sérieuses. Quand donc Élisabeth retourne-t-elle à Montréal?

— Ani, commence alors mon père, je ne sais plus quoi faire. Je suis toujours pris en sandwich entre Élisabeth et toi.

Pauvre poulet pressé de papa!

— Si tu faisais l'effort d'essayer de la comprendre un peu, il me semble que ça pourrait s'améliorer. Tu sais, ce n'est pas facile pour elle.

— Et moi là-dedans, papa? Penses-tu à moi, des fois? Ce n'est pas facile pour moi non plus. Moi, papa, je ne l'ai pas choisie. D'ailleurs, je ne l'aurais jamais choisie.

— Mais tu n'es pas obligée de l'aimer, Ani, je ne t'en demande pas tant. Ce que je te demande, c'est seulement un effort...

— Un effort, c'est toi qui me dis de faire un effort. Mais mon pauvre papa, je passe mon temps à en faire, des efforts, pour l'endurer.

Je reprends mon souffle.

Et je retrouve un peu de calme.

— Le problème d'Élisabeth, c'est qu'elle nous en veut à tous les deux. À moi, elle m'en veut d'être ta fille, ça paraît. À toi, papa, elle t'en veut d'avoir eu une fille avec une autre femme qu'elle. Elle est comme ça, ton Élisabeth.

Avant d'aller trop loin, je m'arrête. J'ai le goût de continuer, mais je me retiens. À l'intérieur de moi-même, je crie.

— On est dans le même bateau, papa. Sauvons-nous sur une île déserte pendant qu'il en est encore temps.

Je me mets à rêver.

— Tous les deux, allons rejoindre Robinson Crusoé et son fidèle Vendredi. Je suis sûre qu'il y a de la place pour quatre sur leur île. Laissons Élisabeth sur un radeau à la dérive, elle saura bien se débrouiller toute seule.

Mon père s'acharne à vouloir m'expliquer.

— Que vas-tu chercher là? Élisabeth t'aime, Ani, elle t'adore même. Mais elle a l'impression que toi, tu ne l'aimes pas. Et il faut admettre que tu ne fais jamais rien pour lui montrer que tu l'apprécies.

Même un tout petit peu.

C'est vrai, mon père a raison. Je ne fais rien pour montrer à Élisabeth que je l'apprécie un peu. Je fais cependant énormément d'efforts pour ne pas trop la haïr. Il ne faut pas m'en demander plus.

Après tout, sans elle, René et moi, on aurait du temps pour faire des choses ensemble. Mais avec Élisabeth toujours dans les pattes, je suis trop souvent privée de mon père. Et ça, c'est impossible à accepter.

Je n'arrive pas, non plus, à comprendre pourquoi mon père est maintenant avec une femme pire que ma mère. Et c'est moi qui dois subir son manque de jugement et de discernement. Je suis la

pauvre et innocente victime de son choix désastreux.

Vraiment injuste.

C'est vrai, dans la vie, on doit toujours s'améliorer.

Moi, par exemple, je progresse de jour en jour. Je sais de plus en plus de choses, je vieillis, je comprends de mieux en mieux la vie. Je ne vois pas pourquoi ce ne serait pas la même chose pour mon père.

Je dois prendre mon courage à deux mains. C'est le temps ou jamais de parler à mon père. De lui poser enfin la question importante qui me préoccupe.

— Toi, papa, m'aimes-tu?

— Bon, une autre chose encore. On n'était pas en train de parler de ça, Ani...

J'ai foncé et je dois continuer.

— Mais moi, papa, je tiens à parler de ça.

— De toute façon, tu sais bien que je t'aime. Ce n'est pas là la question. C'est à trois que ça ne marche pas. Pourquoi Élisabeth et toi ne faites pas l'eff...

— Non, papa, justement, je ne le sais pas que tu m'aimes. Et ce qui compte pour moi, ce n'est pas qu'Élisabeth m'aime, mais que toi, tu m'aimes. La question est là.

— Voyons, Ani, je vous aime toutes les deux. Et chacune de façon différente, bien sûr.

— Si tu avais à choisir, papa, laquelle choisirais-tu?

— Voyons, Ani, c'est absurde. Je n'ai pas à choisir entre ma fille et ma blonde...

— Supposons qu'une guerre éclate, et qu'on se trouve tous les trois devant un abri. Mais le problème c'est qu'il n'y a de la place que pour deux, qui choisis-tu d'amener avec toi dans l'abri? Élisabeth ou moi?

— Voyons donc, Ani...

— Allez, réponds.

— Je vous laisse toutes les deux en sécurité dans l'abri. Ensuite je me sauve vite à la recherche d'un autre abri pour moi.

— C'est bien ce que je pensais. Tout pour m'éviter! Pourquoi ce ne serait pas Élisabeth qui se débrouillerait pour se trouver un abri? Dis-moi franchement, papa, est-ce que c'est toi qui as décidé de m'amener au restaurant ce matin? Ce ne serait pas plutôt Élisabeth qui t'a obligé à le faire?

— Ani, je ne comprends pas où tu vas chercher tout ça. Tu dramatises tout, tu compliques tout et tu exagères tout! Je ne sais plus quoi faire de toi.

J'ai le goût de lui demander de me prendre dans ses bras, de me serrer bien fort et de me dire qu'il me trouve jolie, fine et intelligente. J'ai le goût qu'il me dise que je suis la fille la plus super du monde. Là, je serais comblée.

— Tu sais, Ani, il faut te faire à l'idée, Élisabeth fait partie de ma vie. Je l'aime malgré tous les défauts que tu lui trouves. Mais qui n'a pas de défauts?

— Certaines en ont plus que d'autres...

— Ça suffit, Ani. Je fais l'effort d'essayer de te parler, et tu n'écoutes même pas ce que je te dis. Ça ne t'enlève rien, à toi, que j'aime Élisabeth. Ani, vraiment, tu dois changer d'attitude, sinon...

— Sinon quoi?

— ... sinon, je devrai t'imposer des sanctions.

— Lesquelles?

— On verra bien.

À travers les vitres du restaurant, je

vois le soleil faire de grands efforts pour percer les nuages. Ça m'inspire et ça me calme. Et puis ça me fait du bien de me trouver là, à une table de restaurant aux côtés de mon père.

Même si on n'a pas les mêmes idées, même s'il parle d'imposer des sanctions, ce n'est pas ce qui importe. Il est devant moi et il se préoccupe de moi. De toute façon, mon père n'est jamais très sévère pour moi. Je n'ai donc rien à craindre de ses menaces de sanctions.

Au restaurant, je peux regarder mon père, le toucher, lui sourire, fouiller dans son assiette, lui raconter des histoires. Au fond, le véritable poulet pressé du sandwich, c'est Élisabeth.

— ... et c'est tellement plus agréable de vivre dans l'harmonie, conclut mon père.

J'ai le goût d'essayer. Au point où j'en suis, je n'ai rien à perdre.

Oui, je vais essayer.

— Oui, papa, je vais aider à ramener l'harmonie. Tu verras, je ferai mon possible. Tu peux compter sur moi.

De toute façon, René s'apercevra assez rapidement que ce n'est pas moi qui nuis

à l'harmonie. Un jour, la vraie respon-
sable, la despotique Principale sera dé-
masquée.

Simple question de temps.

Et de justice.

En attendant, je vais être fine et gentille.

Je peux bien faire ça pour mon père.

Le temps qu'il voie clair.

Chapitre VII
La Princesse
de l'univers

Enfin, le soleil.

Aujourd'hui, il y a de belles vagues, et je pourrai pratiquer mon surf. Ce n'est pas le surf qu'on voit dans les films avec des vagues de cinq mètres de haut. Mais tout de même. Quand on en attrape une au bon moment, on peut faire un grand bout de promenade sur le ventre.

Depuis quelques jours, avec tous ces nuages, j'en étais arrivée à oublier le calme apaisant d'un ciel bleu, la beauté éclatante de la mer et la chaleur bienfaisante du soleil. Et que dire du plaisir d'avoir un immense terrain de jeux fait de milliards de grains de sable qui nous caressent les pieds.

Tu ne sais pas ce que tu manques, Myriam. En tout cas, toi, tu me manques.

Notre trio a repris du poil de la bête. René a dû rassurer Élisabeth, car elle est plus joyeuse. Tous les deux, sous le parasol, ils semblent tellement amoureux. Pour le moment, leur amour a l'air indestructible.

C'est sûr, tout à l'heure au restaurant, mon père m'a dit qu'il m'aimait. Mais sans beaucoup de conviction. J'ai bien compris que c'était plus par devoir que par plaisir. De toute façon, il ne pouvait pas me lancer au visage tout bêtement la vérité. Ça ne se fait pas.

— Tu m'es complètement indifférente. Pour être franc, ma fille, tu es plutôt drôlement emmerdante.

Non, ça ne se dit pas.

Alors, au lieu de la vérité, j'ai eu droit à un mielleux mélange d'amour, d'harmonie et d'effort de compréhension. Il m'aime si je suis fine et gentille. Si je ne dérange pas trop sa belle relation amoureuse, il m'adore.

Ani, sois fine et tais-toi.

C'est affreux.

La vie est si cruelle.

Je préfère m'éloigner d'eux. C'est trop déprimant de les voir se dorloter ainsi. Je vais aller m'amuser un peu plus loin dans le sable.

— Ani, ne t'éloigne pas trop. On ne

veut pas te perdre pour tout l'or du monde.

Ma super gardienne de deuxième mère.

Je dois m'y faire, c'est plus fort qu'elle. Elle est indomptable. Dix fois plus mère poule que la mienne, ce n'est pas peu dire. Finalement, Élisabeth et Lise se battent toutes les deux pour jouer le rôle de ma mère.

Par contre, pour jouer celui de mon père, il n'y a pas une grande affluence de candidats. Ce serait plutôt le contraire. François Ladiète m'évite et n'essaie même pas de faire semblant de s'intéresser au rôle du père. De temps en temps, juste pour jouer, il pourrait faire un effort.

Quant à René, mon vrai père, l'authentique, je n'ose pas trop insister. Avec Élisabeth, il en a déjà plein les bras. Il ne peut donc plus les refermer sur moi, le temps de me serrer un peu. Et ce sera pire avec un bébé.

Ma super peine.

Et qui peut me consoler?

Présentement, à part Olivia, personne ne peut le faire.

En jouant dans le sable, il me vient une idée. Si je ne peux pas expliquer clairement à mon père ce que je vis, je pourrais peut-être lui écrire.

Je pourrais essayer.

Quand on écrit, on peut être lu, relu et rerelu. Tandis que quand on parle, on n'a qu'une seule chance de se faire comprendre. Après, on se répète, et c'est ennuyeux pour les autres.

Lui écrire dans le sable.

Que peut-être il est encore temps.

À bord d'un cerf-volant
nous traverserons le temps...

Mais malheureusement, les mots inscrits dans le sable ne durent que le temps d'une marée. Et il y a trop de gens sur la plage, tous aussi curieux que ma chère Olivia. Les mots d'amour que je veux écrire à mon père ne seraient alors plus tellement intimes.

Non, le sable est doux, mais pas éternel.

Mon petit papa, je veux tellement te dire...

Tu sais, j'ai le coeur aussi grand que toute la terre, mais j'ai l'impression d'être aussi petite que le plus infime grain de sable. Ajoute un *r* entre le *i* et le *m* du mot infime et dis-toi que ta fille se sent ainsi.

Peux-tu comprendre ça?

Imagine, papa.

Durant deux petites minutes, pense à ça.

Élisabeth, qui a tout de même les apparences d'une adulte, a besoin de ton réconfort, de ta chaleur, de ta compréhension, de ton amour. Alors essaie de te figurer ce dont peut avoir besoin ta propre fille qui a à peine onze ans. Moi aussi, je veux crouler sous des tonnes d'amour.

Je pourrais glisser mon message dans une canette de boisson gazeuse.

Et la jeter à la mer.

Si elle ne parvient pas à mon père, elle se rendra bien quelque part dans le monde. Peut-être alors qu'un homme la trouvera et en lira le message. Et qu'en le lisant, il aura la nostalgie de ne pas être le père de cette Princesse de l'univers. Des tonnes de regrets.

C'est bien beau le message dans la canette, mais ça pollue encore plus les eaux qui le sont déjà beaucoup trop. Et puis, ça risque de se trouver, un jour, dans le ventre d'un béluga. Beaucoup plus que dans les mains d'un père portugais, japonais ou brésilien qui n'y comprendrait rien, de toute façon.

Comment faire?

La voie des airs. La grande envolée. Le pigeon voyageur. L'avion. Le cerf-volant.

Oui, le cerf-volant par un jour de grand vent.

Un cerf-volant avec l'adresse de René.

Et quatre gros timbres collés aux quatre coins. Direction père. Pas d'adresse de retour. Un aller seulement. Message ultrasecret. Irai chercher moi-même la réponse.

Papa, viens-t'en. Prends ma main et tiens-toi bien. On décolle pour un long voyage. Vers des galaxies encore inconnues.

Toi et moi seulement, papa.

Le temps qu'il faudra.

Pour devenir la fille chérie de mon père chéri.

À René, mon père chéri,

À bord d'un cerf-volant
nous traverserons le temps
et nous quitterons la terre
pour plonger dans l'univers.

Entre le sourire de Vénus
et la beauté d'Uranus
nous saluerons le soleil
la merveille des merveilles.

Tu seras mon roi
le roi des galaxies
et je chanterai ma joie
à l'univers infini.

Je serai pour toujours
la Princesse de l'univers
et dans le coeur de mon père
serai son seul véritable amour.

D'Ani, qui aimerait bien être ta fille
chérie

R.S.V.P.A.L.S.D.Q.J. (Réponse, s'il
vous plaît, avant la semaine des
quatre jeudis.)

Chapitre VIII
Lisa

Ma mère est finalement revenue de Grèce.

Depuis une semaine.

Il était temps!

J'ai voulu lui faire promettre de ne plus jamais m'abandonner aussi longtemps. Je serais d'accord pour qu'elle parte un mois durant l'année. Un mois en tout. Une fin de semaine ici et là. À la limite, une semaine complète. Mais pas quatre semaines de suite. Pas un mois! C'est trop difficile pour moi d'être séparée aussi longtemps de ma mère.

Lise a refusé de me le promettre.

Elle m'a pourtant juré de bien réfléchir à tout ça.

Entre autres cadeaux, ma mère m'a rapporté une belle petite poupée grecque. Toute mignonne et toute vêtue des couleurs vives des pays ensoleillés. Je l'ai aussitôt baptisée Lisa en hommage à mes

deux mères: celle qui le sera toujours et celle qui ne le deviendra jamais.

Olivia doit maintenant cohabiter avec Lisa.

Ça pose des problèmes.

Olivia est et a toujours été trop jalouse et trop possessive. Ça la rend malheureuse. J'ai beau lui expliquer, elle ne veut rien comprendre. Elle ne veut pas cohabiter avec Lisa. Ni dans ma chambre, ni dans mon coeur.

— Voyons, Olivia, tu vas te calmer et arrêter ton chantage tout de suite. Et cesse de me bouder. Ça ne t'enlève rien, à toi, que j'aime aussi Lisa. Olivia, vraiment, tu dois changer d'attitude. Tu es toujours la première dans mon coeur, mais j'ai le droit d'en aimer d'autres, j'ai le droit de vivre. Tu ne peux tout de même pas m'enchaîner le coeur.

Un vrai bébélala, Olivia.

Elle ne changera donc jamais.

Et puis, si tu crois que tu as des problèmes, Olivia, écoute-moi te raconter les miens. À la suite de ça, tu verras que tu es choyée par la vie et par ta tendre et douce Ani.

Non, Olivia, Lisa a aussi le droit d'écouter. Il n'est pas question que tu lui bouches les oreilles. Il y a assez de matière pour quatre oreilles.

Olivia et Lisa, écoutez-moi bien.

Élisabeth est déjà enceinte.

Oui, déjà.

Quand elle et mon père m'ont parlé de leur projet, je pense que l'enfant était déjà conçu. Ils devaient tenter, depuis un bon bout de temps, d'en faire un. Je dois m'y habituer, ce n'est plus une idée qui flotte dans l'air, c'est maintenant devenu une réalité.

Et puis, il y a tout de même un avantage à cette nouvelle situation. Élisabeth va sûrement me ficher la paix puisqu'elle ira jouer la despote ailleurs.

Et mon père là-dedans?

Que lui arrive-t-il?

Rien de bon, je vous l'assure.

S'il le souhaite, mon cher père pourra toujours s'occuper de son nouveau bébé-lala. Ce n'est pas moi qui lui mettrai des bâtons dans les roues. Maintenant, je m'en fiche complètement. Jamais, vous m'entendez, jamais, je ne lui pardonnerai ce qu'il m'a fait.

Les mots d'amour que j'avais écrits à mon père se sont rendus jusqu'à lui. Pour ça, oui, pas de doute. Quand nous sommes revenus de vacances, mon petit poème l'attendait au bureau de poste.

René l'a lu, puisqu'il m'en a parlé.

— Ani, tu écris bien. Tu as vraiment beaucoup de talent. Tu as le coeur et le souffle d'une poète. Je suis fier de toi, ma Princesse de la poésie.

Mon père était ému. Moi aussi, je le

devenais. J'avais réussi à toucher René. Ma démarche en valait donc la peine. Mais il a continué à me parler et il n'aurait jamais dû. La vérité, toute la vérité, rien que la cruelle vérité.

— C'était tellement bon, Ani, que je n'ai pas pu m'empêcher de faire lire ton poème par Élisabeth. Tu sais, en tant que professeure de langues, elle peut encore mieux apprécier que moi la poésie. Elle dit qu'il faudrait t'encourager à continuer à écrire, que tu as un réel talent.

Le traître!

Faire ça à sa propre fille.

Mais à quoi a-t-il donc pensé?

— Et comme tu le vois, ma chère Ani, je n'ai pas attendu la semaine des quatre jeudis pour t'en parler.

Très drôle, papa! Vraiment très drôle!

Juste à imaginer la despotique Principale en train de lire mon poème à René, j'en ai mal au coeur.

Papa, ce poème d'amour est intime, personnel, confidentiel. Entre nous deux. Là, le cerf-volant magique de la Princesse de l'univers vient d'atterrir dans un dépotoir. La Princesse de l'univers, papa, c'est moi, ta fille.

Il y a des limites à tout partager avec Élisabeth et rien avec moi.

Tu ne trouves pas, papa?

Je suis ton enfant
papa papa
et j'ai besoin
papa papa
que tu prennes soin
papa papa
de moi de moi
papa papa.

Dis-moi franchement, papa, est-ce trop te demander?

Moi, je ne sais plus quoi penser.

Olivia et Lisa, vous ne pouvez pas m'expliquer, mais venez au moins me consoler. Je veux vous serrer toutes les deux dans mes bras.

J'ai dit toutes les deux, Olivia. J'ai deux bras, je peux donc vous serrer toutes les deux. Ça ne t'enlève rien à toi, Olivia, que j'aime aussi Lisa. Et tu vas cesser d'être méchante avec elle, sinon...

Sinon quoi?

Sinon je devrai t'imposer des sanctions.

Lesquelles?

Tu verras bien, Olivia.

En attendant, bonne nuit.

Et qu'en plus d'être bonne, la nuit nous porte conseil.

On en a tous bien besoin.

Table des matières

Achevé d'imprimer
sur les presses de Litho Acme Inc.
3e trimestre 1990